L'extraordinaire VOYAGE DU FAKIR qui était resté coincé dans une armoire IKEA

Adapté du roman *L'Extraordinaire Voyage du fakir qui était resté coincé dans une armoire Ikea* de Romain Puértolas.

Adaptation: Zidrou et Falzar
Dessin : KyungEun Park
Dessin du récit du fakir : Samir Dahmani
Couleurs : 1ver2anes

ISBN : 978-2-822-21584-8

Jungle est une maison d'édition du groupe Steinkis.

Première édition - octobre 2017
Imprimé en Espagne par Graficas. Dépôt légal : octobre 2017

Zidrou · Falzar · KyungEun Park

L'extraordinaire VOYAGE DU FAKIR qui était resté coincé dans une armoire IKEA

D'après le roman
de Romain Puértolas.

Jungle

À Ingvar Kamprad, qui me doit son succès international.
Romain

À Ingvar Kamprad, à qui nous devons tout.
Zidrou

À Ingvar Kamprad, à qui je dois 5 euros pour avoir piqué un rab de boulettes le 23 mars 1989.
Falzar

Qui est Ingvar Kamprad ?
KyungEun Park

Ça y est.
Je suis mort.
La mort,
c'est tout noir,
c'est bien connu...
La mort, c'est le silence tout autour de s... ?!
Lulus kuring cai, Aku halabhab
Nyokot eta gampang
Aya teu loba
Ça doit être le langage des anges, incompréhensible au pauvre humain que je suis. Ils viennent me chercher...
... ou plutôt ce sont des démons... glups... vu la vie que j'ai menée...
Pitiéééé ! Je demande pardon à tous ceux que j'ai arnaqués !
?
?
?
Il... il y a quelqu'un ?
Euh... je ne suis peut-être pas complètement mort, tout compte fait...
Ouvrez-moi, je vais tout vous raconter !
BAM!
BAM!
BAM!

Arrivals -Arrivée
Terminal 2
Arrivals -Arrivée
REALY
SORTIE
REALY
SORTIE
SRIP!
INFORMATION
TOILET
TAP!
Incroyable ! Il doit y avoir un truc...
SRRR...
Hello mon prince ! Vous chercher hôtel ?
Moi connaître bonnes adresses. Meilleurs prix !
TAXIS
TAXIS GITANS
TAXIS GITANS

Pouvez-vous m'emmener chez Ikea, je vous prie ?
Chez Ikea ?! Ils ont des hôtels, maintenant ?
Avec des lits qu'il faut monter soi-même ? Ah ah ah !
Vous connaissez un peu Paris ?
Non, c'est la première fois.
... parce que... Ikea, c'est pas tout près, hein... ça va vous coûter bonbon !
Pas de problème. J'ai de quoi vous payer.
On est partis, mon Prince !
IKEA
Direction : l'Ikea à l'autre bout de Paris... Cet enturbanné n'y verra que du feu ! Ah ah !
IKEA
Nous y voilà ça vous fera... 98,45 euros.
IKEA
entrée
Gardez la monnaie.
Mais... puis-je vous demander une carte de votre taxi ? Au cas où...
Bien sûr, mon Prince...
TAXIS GITANS
ZIP!
TAP!
Voilà une arnaque comme je les aime !
TAXIS GITANS

entrée
LITERIE
SRRR
Il y a forcément un truc...
Pour l'instant, j'ai autre chose à faire... Ma mission avant tout !
POUR LES NUITS PIQUANTES
200 500 15.000
CLOUS AVEC DES PRIX DÉGRESSIFS
€99,99*
Kisi frøts PiK
Où puis-je trouver ce lit, je vous prie ?
Hélas ! Nous n'avons plus ce modèle en magasin... Mais je peux vous l'avoir pour demain.
Demain ?! Impossible ! Je reprends l'avion ce soir !
J'ai absolument besoin de ce lit ! Je suis fakir, vous comprenez, et...
Avec ce bon, vous n'aurez plus qu'à venir le chercher demain matin.
Quel est votre nom ?
Ajatashatru Lavash Patel...
?!
Hum... Je vous laisse écrire votre nom...
Il vous en coûtera 115 euros TTC que vous paierez demain, à la réception, au rez-de-chaussée.
COMBIEN ?!
Mais il est à 99,99 euros dans ce catalogue !
Hélas ! Monsieur... heu... Lavache... les soldes sont terminées depuis hier.
Madame, que puis-je pour vous ?

Par Vishnou, il me manque 20 euros ! C'est trop bête...
RES
Merci, Vishnou. Excellente idée !
PAIN BIO
RESTO
SALADE
15,95 €
?!
Mais enfin, qu'est-ce... ?
BLING KLING !
Quelle idée aussi de me coller comme ça !
Gosh ! Mes lunettes ! Mes belles lunettes !
Ce... c'était le cadeau de ma grand-mère sur son lit de mort...
Je suis désolée.
Je n'ai que ça en liquide... J'espère que ça vous dédommagera...
Heu... eh bien, si vous insistez...

Mission accomplie ! Merci Vishnou...
CLIC!
... et merci mes lunettes truquées !
CLIC!
Excusez-moi...
?!
Je suis navrée pour votre grand-paire, enfin je veux dire... la paire de votre grand-mère...
Accepteriez-vous que je vous invite à manger ?
C'est que...
grouiiik
Je considère ça comme un oui !
Alors, comme ça, vous êtes fakir. C'est passionnant ! Vous devez en connaître, des tours !
Oooh si peu...
Montrez-moi !
Que pensez-vous de cet accroche-couverts ?
?!
Des comme ça, on n'en trouve pas chez Ikea !
Comment faites-vous cela ?!
Oooh... Avec beaucoup d'entraînement et de concentration.

Plus de fourchette dans votre main, j'espère ?
La prochaine fois que vous venez à Paris, vous m'expliquerez votre tour ! Promis ?
P... Promis !
Je m'appelle Marie Rivière. Voici ma carte.
?!
En France, on s'échange des cartes...
Mon nom est Ajatashatru Lavash Patel.
Marie Rivière
Avec un nom pareil, une carte aurait été utile ! Ah ah !
Attendez !
Merci. Et si vous le permettez, je vous appellerai Aja.
Le fakir planait soudain à 3 mètres du sol et ça n'avait rien à voir avec un tour de magie. Cette rencontre fut pour lui comme un électrochoc. Son premier électrochoc.

CRIC
BOUM !
Ah oui... c'est vrai... Ikea...
... Encore... 12 h avant l'ouverture ...
Vishnou me conseille de prendre des forces.
Et il ne faut jamais contrarier Vishnou.
GROUIIIIK
Surtout quand il a tout prévu !
SHRKROC !
Ouch ?!
Un poulet en... plastique ?! L'arnaqueur arnaqué ! Bien fait pour moi...
J'aurais dû lui dire la vérité... à cette femme.
Un fakir... tu parles !

CLAP
CLAP
Bravo !
CLAP
CLAP
CLAP
CLAP
CLAP
On m'avait beaucoup parlé de vos dons surnaturels. C'est impressionnant.
Vous méritez votre réputation... et cette rétribution !
Merci, majesté.
Vous êtes mon invité le temps qu'il vous plaira.
Sa majesté est trop bonne.
C'est... parfait.
Je l'ai fait faire spécialement pour vous !
Et si vous avez faim, un somptueux buffet vous attend.
J'en ai l'eau à la bouche...
Quelle bande de crétins crédules!
Ils croient VRAIMENT que je les bouffe, ces de boulons ?!
CLINK
CLINK
CLINK
CLINK
Bon... Il doit bien y avoir quelque chose de comestible dans les cuisines de ce palais...
VLAN !
???

Merci Vishnou, de m'indiquer de nouveau la voie !
Heu... Vishnou me ferait-il des blagues ?!
?!
À mort !
????
Celui-là, Michou !
Couic !
VLAN!
Mais... monsieur le directeur : ce modèle se vend encore très bien.
Il a fait son temps ! Ça s'appelle du déstockage, Michou.
Qui sait ? Vous aussi peut-être, un jour, vous y passerez...
B... Bien, Monsieur le directeur...
Notez celle-là aussi !
VLAN!
À mort !
Couic !
VLAN!

À mort !
Ce cabrón mérite la mort ! Il m'a filouté !
Comment peux-tu en être si sûr, mon biquet ?
Cet enturbanné m'a payé avec un billet de 100. Je ne sais pas comment il a fait, mais je ne le trouve pas dans ma caisse !
J'aurais dû me méfier, c'était un étranger !
Mais s'il croit que je vais me laisser faire ! Un Palourde n'abandonne jamais !
Mais pourquoi, Cariño ?
D'abord : appeler les copains !
Je lui ai filé une carte des Taxis Gitans. Avec un peu de chance, il en a pris un pour repartir de Ikea !
Allô ?
Non, Gustave...
TAXIS GITANS
IKEA
... c'est moi qui couvre la zone ce soir et je n'ai rien vu...
Puisque c'est comme ça, je vais faire le guet moi-même devant Ikea. Une semaine s'il le faut ! Il finira bien par sortir !
Cariño, tu sembles oublier que cette nuit nous partons en vacances...
... et les vacances en Espagne, c'est sacré !
Alors... je vais faire appel à des professionnels !

Vous avez de la chance qu'on soit en période «tolérance zéro».
On doit faire du chiffre...
IKEA
entrée
Je vous attendais.
POLICE
Mon assistant a commencé à vérifier les bandes. Il y a quelque chose qui va vous intéresser...
Nous avons repéré un individu correspondant au signalement. Il n'y en a pas beaucoup des comme ça !
C'est lui ! Je le reconnais ! Le cabrón !
On dirait... un fakir ?!
Accélérez un peu, Michou !
Il est bien resté cinq grosses minutes là...
Un dingue, je vous dis !
Ensuite, nous le retrouvons ici...
Beau morceau !
15:30:20
CAM 7
Le Gravad lax med hovmästarsas ! un délice !
Heu... Je ne parlais pas du plat...
Et quelques heures plus tard...
... Il est au département literie...
Birkeland, excellent choix !
Très confortable. Matelas en pure laine de phoque. Dix ans de garantie...
On le tient ! Il s'est endormi sous le lit !
Un instant. On va vérifier ça...

Allez plus loin, Michou.
WIZ WIZ WIZ...
Là, arrêtez l'image !
Il se lève !
Il semble perdu, paniqué...
Il a dû voir ou entendre quelque chose !
Hééé, c'est nous, Monsieur le directeur ! On passe à la télé !
Il se cache dans une armoire !
Où se passe cette séquence ?
Ici tout près mais...
Je vais le tuer !
LITERIE
Palourde ! Attendez !
Mais... ?! L'armoire ? Où est passée l'armoire ?
C'est... c'est de la magie ?!
C'est un fakir !
Non, c'est du déstockage, tout simplement.
?!
À l'heure qu'il est, cette armoire, ainsi que d'autres meubles déstockés, sont en route pour...
...le Royaume-Uni !
?!

IKEA
Sortez-moi de là, pitiéééééééé !
KraAaaAaaak !
Heu... glups... allez-y doucement, tout de même...
?!
Ce type est sûrement un agent des douanes !
Ouais, ces Européens sont capables de tout pour nous empêcher de passer chez eux !
Mais non, c'est un clandestin, comme nous...
?!
Glou Glou Glou
Aaaaah, ça fait du bien...
Notre réserve d'eau pour le voyage !
De quel voyage parlez-vous ? Où allez-vous, messieurs ?
Où allons-NOUS, tu veux dire...
En Angleterre, mon ami !
Où ça ?! Mais... Je ne veux pas aller en Angleterre, moi !
D'ailleurs, on y mange très mal, croyez-moi !
Et la météo est détestable !
?!
Laissez-moi descendre !
Bong Bong !

Il vaut mieux ne pas faire trop de bruit...
Tu n'as toujours pas compris ?! Nous sommes des clandestins !
?
Voici Kougri et Nijam. Moi, c'est Wiraj. Nous venons tous les trois du Soudan.
Nous allons en Angleterre pour trouver du travail !
Il n'y a pas de travail chez vous ?
Chez nous, tu as le choix entre la guerre ou la misère...
C'est pour ça que nous DEVONS réussir ! Pour nos familles restées là-bas, qui attendent notre aide.
Et tant pis si la bouffe est pas terrible...
...et la météo détestable !
Et toi, quel est ton nom ? Et que fais-tu ici, dans ce camion ?
Mon nom est Ajatashatru Lavash Patel.... Mais vous pouvez m'appeler Aja.
Je ne vais tout de même pas leur raconter que je suis venu en Europe pour acheter un lit que je revendrai ensuite à prix d'or dans mon village ?! Leur dire que je ne suis qu'un arnaqueur ?
Vishnou, sors-moi de ce mauvais pas...
¡¡¡¡¡!
BROLOM BENG BELONG !
Sortez de ce véhicule !

Ça alors, mais... mais il neige en Angleterre ?! C'est la première fois que je vois de la neige !
Ah non... C'est du polystyrène.
DEHORS, on a dit !
?!
UKBA
Il s'agit d'une méprise : Je ne suis pas un clandestin, je suis un citoyen indien, fakir de profession et en ordre de papiers et...
C'est ça, et moi, je suis la reine d'Angleterre !
UKBA
UKBA
Fakir ? Je ne savais pas que ça existait encore, cette... « profession » !
Ici, on appelle ça escroc ou roi de l'entourloupe, ...
FLAP
FLAP
Quoi qu'il en soit, Monsieur Attache-la-charrue, et suivant le règlement, nous allons vous renvoyer d'où vous venez, soit le dernier pays où vous étiez avant le Royaume-Uni...
Parfait ! Je ne demande que ça, moi, de retourner en France !
Qui vous parle de la France ?
Au vu de ces tickets de caisse trouvés sur vos complices, ce sera plutôt... l'Espagne !
El Corte Inglés
QUOI ?!

Le fakir sentit son cœur valdinguer en pensant à ces gens déracinés qui cherchaient un endroit paisible où vivre, tout simplement. Ce fut son deuxième électrochoc.

12:12
PARIS-BARCELONE
VOL AF 1223
BAGGAGE CLAIM 5
PUE
EXIT
FACT
Ça va nous faire du bien, ces vacances...
N'est-ce pas, Cariño ?
mmmf...
GOSSIP NEWS
Pourquoi tout le monde s'arrête ici ?!
EXIT/SA
La porte vitrée s'ouvre et se ferme... Elle doit avoir un problème.
Faut tout faire soi-même...
Hé !
Mais... ?!
Il y a sûrement un truc !
TAP!
Le... le payo ! Ici ?!

Je savais que je te retrouverais !
Le taximan parisien ?!
Hu ?!
BONG!
Ouch !
Qu'est-ce que ton père a encore fait ?
Waw les piercings ! La classe !
Mais... Gustave ?!
On va déjeuner ?
J'ai toujours adoré...
HAN ! .. le bowling !
REUH!
EXIT/SALIDA
STRIKE!
SPLAF!

Ça y est, je suis mort...
la mort, c'est froid, c'est bien connu...
Vishnou, me voici au Paradis: je vois le fameux tunnel de lumière !
Tiens, non ? Je ne suis pas encore mort.
Mais si je reste là, je vais vraiment y passer ! Ce dingue m'attend, c'est sûr !
Aïe ouch !
Mon mari !! Faites quelque chose !
PAPAAAAA !
IBERIA
KUT!
IBERIA
WIIIII
IBERIA
JESUS
Notre sauveur !

Qu'est-ce que vous fichiez là ?
Apf apf... C'est... C'est à cause de ma fille, Miranda...
Hein ?
Elle souffre d'hypoglycémie et on a laissé le médicament dans une valise sur le tapis roulant...
Aïe oulà ouch... Ouiiii, j'ai maaaaal...
Je vais voir ce que je peux faire pour cette pauvre jeune fille...
Oh ouiii, s'il vous plaît...
Je vais avec vous ! Vous ne savez pas de quel bagage il s'agit !
Impossible, monsieur ! L'accès aux bagages est réservé aux employés !
Dites, vous ne seriez pas gitan ?
En effet.
Entre gitans, on peut se dire la vérité, non ?
Si tu résous mon problème, tu pourras tout me demander, tu m'entends ? Tout !
Il est cuit, ton fakir. Il n'y a pas d'issue à ce hall !
STOP ! LÀ !
Une cuisse de poulet ! Mon poulet !
Ce cabrón a bouffé MON poulet !

Ce payo va payer !
!
Ça doit appartenir à une personne frileuse...
Zip !
Ouf !
?!
KRINK
WIIIIII
Oooh noooon ! Pas par là !
WIIIII
Tu es sûr de n'avoir vu personne ?
Un enturbanné !
Rien. Et je n'ai pas bougé d'ici...
Il n'a pas pu se volatiliser ! C'est un fakir mais tout de même !
Tiens tiens...

Il est malin, ton fakir... Il a vidé une malle et s'est planqué dedans !
Il est parti pour... l'Italie. Fiumicino, l'aéroport de ... Rome.
On peut encore l'attraper !
FCO
L'accès aux pistes est interdit ! Mais tu la tiens, ta vengeance : les bagages vont dans des soutes non pressurisées. Il sera mort avant d'atterrir...
Notre problème est résolu !
Nous avons trouvé ceci. Je devrais les rapporter mais...
...ça vous irait à merveille, non ?
J'ai l'impression d'avoir déjà vu ces vêtements-là quelque part...
Mais oui ! Regardez ! C'est la robe de Sophie Morceaux !
Sophie Morceaux
Une beauté rayonnante !!
La star ?
Oui, bon, on s'en fout, chérie !
Pas du tout ! ça change tout.
???
Les VIP – comme Morceaux – ont accès à des soutes spéciales pour les transports d'animaux, de bagages de haute valeur...
QUOI ?! Tu veux dire que ce fakir va débarquer à Rome, sain et sauf ?!
Papa, je te préviens : on ne va pas en Italie !
Pas besoin, mon poussin.
Hé hé... J'ai un cousin coiffeur, là-bas...

Me voilà de nouveau dans l'obscurité totale ! Ça devient une habitude...
Moi qui déteste le noir, je suis servi...
ZIP!
Glups!
?!
Ce briquet ne te servira à rien, Aja. Les cobras n'ont pas peur du feu !
Prends plutôt ceci...
Mais... je ne sais pas jouer...
Joue n'importe quoi et surtout bouge ta flûte !
FUUUT
Tu vois, c'est magique... On croit que le cobra suit la musique mais en vérité, il suit le mouvement de tes bras.
C'est ça, le truc. Rappelle-toi ceci, Aja, si tu veux devenir fakir : il y a toujours un truc...

WOUF !
Wouf ? Comment ça wouf ?
Les cobras aboient maintenant ?!
C'était un chien !
Ah ah ! Un chien !
Non, ça ne se mange pas, le chien... Et ça ne joue pas de la musique, non plus !
Un crayon, ça sert à ... écrire !
Tu veux que je t'écrive une histoire ?...
Arf !
Pourquoi pas ?
J'ai pas de papier...
... Mais j'ai une chemise blanche !
« Il était une fois... »
« Il était une fois... un chien... » ça te plaît, ça, comme début d'histoire ?
Wouf !

Il était une fois... un chien...
Votre chien doit aller en soute, Monsieur.
Pas de problème, j'ai ma canne...
Vous devez aussi y déposer votre canne, monsieur.
Ma canne ? Mais je... J'en ai besoin...
Nous nous occupons de vous, Monsieur.
Vous... êtes bien aimable...
?!

Bombe !
Je m'appelle Deva.
Moi, c'est Walid…
Il y a une fenêtre dans cette cellule ?
Pourquoi ? Tu as des envies d'évasion ?
Non. Mais je deviens fou.
…si tu veux…
Toi qui a la chance d'avoir des yeux, pourrais-tu me décrire ce que tu vois par la fenêtre ?

khof
khof
Ça va, Deva ? Tu tousses de plus en plus...
khof
khof
khof
khof
VLAAM
?
Bonjour, je m'appelle Walid.
?
JE NE COMPRENDS PAS CE QUE TU DIS, L'AVEUGLE : JE SUIS SOURD !

Peux-tu me décrire ce que tu vois par la fenêtre... et me dire si la voisine de la piscine est toujours aussi jolie ?
La fenêtre donne sur un mur. Un mur de briques. Il n'y a rien à voir !
Tu mens !
Tu mens !
Tu mens !
Tu mens !
Le monde de Walid s'écroulait. Deva avait tout inventé pour lui faire plaisir. Un geste d'amour, d'amitié, de fraternité...
FCO
Le fakir ressentit une grande fierté d'avoir écrit ce début de roman. Ça prouvait qu'il pouvait faire autre chose qu'arnaquer les gens en faisant disparaître des boulons dans ses manches ! Ce fut son troisième électrochoc.

Tu es sûr qu'elle y est ?
Elle descend toujours ici !
Curieux, tout de même, de ne pas quitter sa chambre...
Et la conférence de presse sur son nouveau film a été annulée en dernière minute !
GRAND HOTEL
C'est elle !
Raté !
C'est son agent, Hervé...
Hervé ! Hervé ! Pour «Gossip News» : Sophie est-elle souffrante ?
Certaines rumeurs laissent entendre qu'elle ne veut pas faire la promo de son dernier film !
Rassurez-vous, messieurs-dames : Sophie va très bien.
Mais vous voulez un scoop ?
Sa malle a été égarée ! Bref : elle n'a plus rien à se mettre !
Heureusement, pas de souci pour se refaire une garde-robe !
Nous sommes en Italie, le pays de la mode !
DOLCE & CARBONARA
Et le pays des coiffeurs...
Gino Palourde Parrucchiere

...Et voilà comment je me suis retrouvé dans votre malle, madame...
Maintenant, je vais sortir de cette chambre et ne plus vous embêter...
J'ai encore une question, Monsieur Ah-je-bouche-les trous...
Qu'est-ce que c'est que ça ?
Mon premier roman ! Je m'ennuyais là-haut...
Vous êtes un personnage de cinéma, vous !
Tout juste un fakir de foire...
TOC TOC !
Voilà de quoi vous rhabiller, Sophie !
VERSAKE
DOLCE & CARBONARA
Hervé ! Enfin ! Je me demandais si j'allais devoir aller à ce repas d'affaires en nuisette !
Z'êtes encore là, vous ? Après tout ce que vous avez fait...
...soyez heureux qu'on ne vous ait pas dénoncé à la police !
Je partais...
Pas du tout ! Monsieur La-chatte-à-trousses nous accompagne au repas.
QUOI ?
À ce repas, il y aura un producteur très connu. Je suis certaine que votre histoire va lui plaire...
Hervé va lui faire parvenir votre... manuscrit à l'instant !
Sophie, c'est de la folie ! Ce repas est un rendez-vous de travail très important pour votre carrière !
Et puis, ce... cet individu ne peut pas aller au cocktail dans cet accoutrement !
Vous avez parfaitement raison, Hervé...
?

Ah ! Aja ! Je peux vous appeler Aja, n'est-ce pas ?
Vous êtes superbe !
Grmbl...
Votre chambre vous plaît ?
Parfait !
J'espère bien : au prix qu'elle me coûte !
Monsieur Batisti, producteur de cinéma.
Enchanté.
Monsieur Ah-je-touche-à-tout est un grand écrivain râjasthâni qui, pour échapper aux persécutions dans son pays, a dû voyager dans une malle.
Nooon ?
En effet. Heureusement, plus de peur que de mal...
Ah ah ! Excellent !
Ah ah ah ! Plus de peur que de... malle ! Quel esprit !
?

Le fakir fut très troublé : des gens qu'il ne connaissait pas la veille lui faisaient confiance. Ce fut son quatrième électrochoc.

Une petite coupe maison, Monsieur ?
Ah ah ! Est-ce que j'ai une tête à me faire coiffer ?
TAC!
Non, vous avez une tête à vous faire zigouiller !
Glups !
Les nouvelles vont vite ici ! Tout le monde sait déjà que je suis riche ?!
??
??
Je te l'avais bien dit que c'était un escroc !
Ou alors, il est pressé d'écrire la suite !
wiii
ZZZ
PAN!
Wiii ZZZ
wiii ZZZ

Il est fichu !
...La vista dall'alto è stu-pe-fa-cente.
!
WIIZZZ
TAK!
C'était votre dernier couteau ?
Dites, c'est à vous ceci ?
Et comment !
Nooooon !
Wiiiiiizzzz

Ça me va bien ?
Magnifique !
On dirait qu'elle a été faite pour toi !
Et moi ? Qu'en pensez-vous ?
Tu dois répondre sincèrement, Jésus ! Tu fais presque partie de la famille, maintenant !
Heu... hé bien...
Ah ah ah !
Tubulu Tubulu Tubulu !
Sauvé par le gong !
Oui ? Gino ?
Articule ! Je ne comprends rien de ce que tu racontes...
Ve divais : tout est réglé, Guftave... Tu n'entendras plus parler de fe payo !
Je suis mort...
Quand on meurt, on va au ciel, c'est bien connu...
... ?!

Oh Nooooon....
Le couteau de ce dingue a coupé le filin qui retenait cette montgolfière au sol !
Il faut que je fasse atterrir ce ballon !
?!
Mauvaise idée !... Je ne sais pas nager !
Vishnou ! Tu ne vas pas me laisser tomber, tout de même !

Commandant, venez voir ! Jamais vu une bouée aussi grosse !
Ce n'est pas une bouée...
On dirait une montgolfière échouée...
Et elle nous appelle, dirait-on...
Voilà... vous savez tout, messieurs. C'est la dernière fois qu'on me reprend à participer à une course de montgolfières !
Mmm...
Et... elle partait d'où, cette course de montgolfières ?
Heu... eh bien... c'est une bonne question...
C'est vrai ça... J'étais où, moi ?
Je suppose que dans cette malette - que vous ne quittez pas des mains - il y a votre pique-nique pour la journée...
...
Vous n'y êtes pas ! Il y a mes vêtements de rechange, tout simplement !
Puis-je jeter un œil, Monsieur Ah-j'af-fiche-ma-roue ?
Ça fait partie de mon intimité, Commandant...
Dans ce cas, si vous n'avez pas de quoi payer votre place sur ce navire, je me vois contraint de vous demander de le quitter...
Glups !

Sacrée garde-robe !
fuuu..
Ne vous excitez pas, tout est faux ! ça fait partie de mon matériel de fakir.
Bien sûr...
Celui-ci, il vous semble vrai ou faux ?
Tchack !
Il est vrai.
Prêt à parier ma malette de faux billets ?
?
ça alors ! Je n'y ai vu que du feu !
Mais ceux-ci ont deux faces !
Bien observé. Mais ils ont une autre particularité...
Hé mais ?! Il est dingue ?!
Non, affamé ! Cette traversée m'a mis en appétit. Ces billets sont faits en pain azyme !
Le même procédé que les hosties des curés catholiques.
Voilà pourquoi je ne peux pas vous payer la traversée, messieurs. Vous m'en voyez désolé !
Demain, nous vous déposerons à notre prochaine escale...
Tripoli !
Ch'est pas mauvais,... crunch...Commandant. Vous devriez echayer... miam...

Le fakir venait de commettre sa première bonne action. Ce n'était pas si difficile, en fin de compte. Ce fut son cinquième électrochoc.

Eh là !
Glups ?!
Aja ! Je le savais qu'on se reverrait !
Wiraj ?!
La catapulte espagnole m'a renvoyé ici ! Mais je n'ai pas dit mon dernier mot : je repars ce soir !
Sacré Wiraj !
Tu as l'air en super forme... On dirait un fonctionnaire européen !
En réalité, je suis en mission pour le gouvernement indien et...
Arrête ton numéro !
? ...
Tu peux mentir à tout le monde, Aja... Mais pas... à toi ! Ne t'invente pas une histoire à dormir debout sur un lit à clous !
Si tu me racontais ton histoire ? Ta véritable histoire...
Mon histoire ? Elle commence en Inde, il y a bien longtemps...
... dans la tristesse. Ma mère meurt en accouchant.

Mon père devait travailler. J'étais livré à moi-même pendant la journée.
Il n'y avait pas beaucoup de distractions au village...
ATTENTION DANGER
Un jour, j'ai rencontré un géologue anglais...
Et son briquet. C'était la première fois que je voyais un briquet.
C'était... de la magie !
Tu le veux ?
Il est à toi...
Vraiment ?
Ce jour-là, j'ai appris que la magie, ça n'existe pas. Il y a un truc...
Il y a toujours un truc.
I just ask you a little favor...
J'avais le briquet mais je m'étais fait... avoir.

Depuis ce jour, j'ai juré de ne plus JAMAIS me faire avoir.
J'ai suivi l'enseignement d'un fakir...
... pour devenir fakir à mon tour...
... et pouvoir duper les autres !
J'en ai trompé du monde ! Y compris les miens, ceux du village où je suis né.
Je ne peux plus continuer mon travail de fakir dans ces conditions : regardez-moi l'état de ce lit !
C'est ça qu'il me faut. Et on ne le trouve qu'en Europe !
POUR LES NUITS PIQUANTES
200 500 15.000
CLOUS AVEC DES PRIX DÉGRESSIFS
€99,99*
Kisi frøts Pik
Bien, Aja. Nous... nous allons rassembler le conseil du Village et tenter de réunir la somme nécessaire à ton voyage.
Rou ! Rrrou !
Le village s'est ruiné pour moi. Cette histoire de lit fut le clou – si je puis dire – de ma carrière !

Voilà mon histoire. Ma pitoyable histoire.
Je ne sais plus qui a dit : « Il faut laisser derrière soi ses vieilles valises, si on veut voyager léger ». Toi, c'est toute une armoire dont tu dois te débarrasser !
Par Vishnou ! Tu… tu as raison ! C'est ça que je dois faire !
?
Cet argent est pour toi, Wiraj. Et les tiens, dans ton pays ! Pour leur offrir de quoi vivre dans de bonnes conditions !
Hum… Aja, ce n'est pas ce que je voulais dire…
Celui-ci, je vais l'envoyer aux gens de mon village. Pour me racheter.
Le reste est bien suffisant pour ce que je dois encore faire : mettre tout ça sur papier, accoucher d'une vraie belle histoire originale… Mon histoire !
Et pas une fable connue de tous !
Adieu, Wiraj !
A… Adieu mon frère. Mektoub !
Le fakir avait hâte de passer à la suite de sa vie. Il se sentait si léger qu'il aurait bien voulu voler. Ce fut son sixième électrochoc.

?!
Le premier mot que prononça l'indien Ajatashatru Lavash Patel en arrivant en France fut un mot suédois. Un comble !
...ces clandestins étaient les vrais aventuriers du XXIe siècle. Et il était heureux de se trouver avec eux...

TAP! TAP! TAP!
Bip Mut! Bip Mut!
09:00
Mmmfmfrghh...
09:02
TAXIS GITANS
08 XX XX XX
Mmmmm..
?!

TAXIS GITANS
08 XX XX XX XX
Aja
Chère Marie. J'ai beaucoup pensé à vous. Je suis prêt à vous dévoiler tous mes tours de fakir. J'arrive à Paris vers 10h00. Signé : Aja
Message
C'est joli ces décorations...
TAXIS GITANS
Je marie ma fille demain. Vous avez de la chance : vous êtes ma dernière course.
Félicitations !
Heu... vous êtes sûr de prendre le bon chemin ?
Je connais mon métier, ma petite dame !
AEROPORT CHARLES DE GAULLE
Vous y voilà ça vous fera... 98,45 euros.
Arrivées
Ce taxi avec ces décos de mariage... C'est peut-être un signe ?
Monsieur !
?!!
KIII!
Vous pouvez m'attendre ici ? J'en ai pour une demi-heure maximum.
Votre taxi me plaît !
Grmmmbl... OK ma petite dame...
...mais ce sera tarif double ! Héhé !
LIBRE
OCCUPÉ
196.90
PRIX À PAYER €

Arrivals -Arrivées Terminal 2
Arrivals -Arrivées
Arrivées
C'est fascinant. Je n'ai jamais assisté à un tel prodige. Il y a un truc !
Il a déjà atterri !
Drrring driiing !
?!
Allô... Marie ? C'est vous ?
TAXIS
?
Le... Le... Le PAYO ?!
VROOUM!
TAXIS

Cette fois, c'est sûr, je suis mort...
C'est la musique des anges ! Je suis au paradis...
Rudement chargée, la déco du paradis...
Enfin ! Vous voilà de retour, Monsieur Ajatashatru Lavash Patel...
Ma... Marie ?
Que... que s'est-il passé ?
Eh bien, mon taximan semble avoir eu envie de vous écraser... Sans mon intervention, vous seriez à l'hôpital. Ou pire encore.
Mais il marie sa fille aujourd'hui et je me suis arrangée avec lui. Il a juré de vous épargner contre quelques billets de votre turban magique...
...et une promesse...!
?!
Alors payo ! Ça va mieux ?
!!!
Ça va être à toi ! Ils t'attendent !
Qui... Qui ça ?

N'oubliez pas, Aja. Vous avez promis de m'expliquer vos tours de fakir. Je suis certaine qu'il y a un truc...
Parfois, il n'y a pas de truc...
Ce fut le septième et dernier électrochoc du fakir.

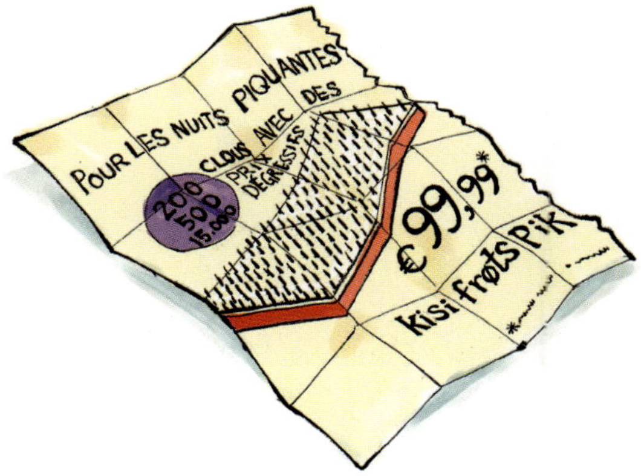
POUR LES NUITS PIQUANTES
CLOUS AVEC DES
PRIX DÉGRESSIFS
200
500
15.000
€99,99*
Kisi frøts PiK

Des mêmes auteurs

Romain Puértolas

Un détective très très très spécial, La Joie de Lire
Tout un été sans Facebook, Le Dilettante
Re-vive l'Empereur !, Le Dilettante
La petite fille qui avait avalé un nuage grand comme la tour Eiffel, Le Dilettante
L'Extraordinaire Voyage du fakir qui était resté coincé dans une armoire Ikea, Le Dilettante

Zidrou

Tamara, 15 albums, Dupuis
L'élève Ducobu, 23 albums, Le Lombard
Shi, 2 albums, Dargaud
Les Beaux Étés, 3 albums, Dargaud
Marina, 3 albums, Dargaud
Ric Hochet, 2 albums, Le Lombard
Léonard, 2 albums, Le Lombard
Clifton, 2 albums, Le Lombard
Boule à Zéro, 6 albums, Bamboo
L'Adoption, 2 albums, Grand Angle

Falzar

Sac à Puces, 6 albums, Casterman, 9 albums, Dupuis
Edwin et les Twins, Vents d'Ouest
Max et Bouzouki, 3 albums, Kennes
Zozoland, Sandawé
L'Instit Latouche, Le Lombard
Léonie Gratin, Le Lombard
Dans les yeux de Camille, La Renaissance du Livre
Bad Bartje, Kennes
Les Tuche, Michel Lafon

KyungEun Park

Le roi banal, Casterman
Moi en mieux, Casterman
Yallah bye, Le Lombard
Haytham, une jeunesse syrienne, Dargaud